漢語拼音真易學

⑤ 情景練習冊

畢宛嬰／著
李亞娜／繪

U0105844

新雅文化事業有限公司
www.sunya.com.hk

親愛的小朋友們，恭喜你成功學完了前四冊！漢語拼音是不是很好玩呢？在前四冊中，我們學了很多首兒歌，這些兒歌你都會讀了嗎？再教你一個好玩的方法，試試加快節奏來讀兒歌，讀着讀着，你的漢語拼音就越來越熟練了！

一起來試試吧！

bān mǎ ā yí ài chàng gē
斑馬阿姨愛唱歌，
ā ā ā
阿、阿、阿，a、a、a。

在這一本書中，前四冊可愛的小主角們會出現在許多我們熟悉的場景中，書中的一切事物都可以用漢語拼音來表述，快運用你學到的拼讀本領和他們一起讀一讀吧！

小遊戲：普通話中有一些漢字，它們意義不同卻有相同的讀音，這樣的字稱為同音字。當你在書中見到這個標誌 同音字遊戲，就代表這個場景中有同音字出現，快找到它們的拼音並寫下來吧。

在客廳

yì jiā wéi zuò chī zǎo fàn
一家圍坐吃早飯，

niú nǎi   miàn bāo hé jī dàn
牛奶、麵包和雞蛋。

nǐ yòng kuài zi wǒ yòng chā
你用筷子我用叉，

chī bǎo jiù yào chū fā le
吃飽就要出發了。

huáng yóu
黃油

miàn bāo
麵包

jiān jī dàn
煎雞蛋

niú nǎi
牛奶

chā zi
叉子

shuǐ píng
水瓶

kuài zi
筷子

sháo zi
勺子

guǒ jiàng
果醬

píng guǒ
蘋果

同音字遊戲

蘋、瓶＝＿＿＿＿＿

5

在廚房

bīng xiāng
冰箱
wēi bō
微波
chú guì
櫥櫃

guō wǎn bēi dié quán dōu yǒu
鍋碗杯碟全都有，
jiā wù wǒ lái zuò bāng shǒu
家務我來做幫手。
shuǐ shēng huā lā zhēn hǎo tīng
水聲嘩啦真好聽，
xǐ xǐ shuā shuā hǎo gān jìng
洗洗刷刷好乾淨。

xǐ shǒu yè
洗手液

shuǐ lóng tóu
水龍頭

chǎn zi
鏟子

dié zi
碟子

wǎn
碗

guō
鍋

mā bù
抹布

在馬路上

dà shà
大廈

tiān qiáo
天橋

lù dēng
路燈

jiāo tōng dēng
交通燈

diàn pù
店舖

SHOP

xíng dào shù
行道樹

chē liàng píng wěn dào lù kuān
車輛平穩道路寬，
jiāo tōng biàn lì wǒ xǐ huan
交通便利我喜歡。
yǒu xù pái duì hǎo xí guàn
有序排隊好習慣，
chū xíng yǒu lǐ dà jiā zàn
出行有禮大家讚。

bān mǎ xiàn
斑馬線

zhàn pái
站牌

lán gān
欄杆

同音字遊戲

排、牌＝_____

tíng zi
亭子

shàn zi
扇子

yǐ zi
椅子

jiāo wài kōng qì zhēn qīng xīn
郊外空氣真清新，
tú bù yuǎn zú liàn shēn xīn
徒步遠足練身心。
fēng jǐng měi lì huā ér yàn
風景美麗花兒豔，
pāi zhào liú niàn zhǎn xiào yán
拍照留念展笑顏。

yǒng jìng
泳鏡

jiù shēng quān
救生圈

bèi ké
貝殼

bì hǎi lán tiān bái yún piāo
碧海藍天白雲飄，
hǎi fēng chuī lái zhēn liáng shuǎng
海風吹來真涼爽。
yóu yǒng　　xì shuǐ　　duī shā bǎo
游泳、戲水、堆沙堡，
yóu wán yì tiān kāi huái xiào
遊玩一天開懷笑。

dà hǎi
大海

shuǐ tǒng
水桶

shuǐ qiāng
水槍

shā bǎo
沙堡

fáng shài yóu
防曬油

同音字遊戲

游、油＝＿＿＿＿＿

diāo sù
雕塑

lā jī tǒng
垃圾桶

bīng qí lín
冰淇淋

fēi yǐ
飛椅

yóu lè chǎng lǐ lè qù duō
遊樂場裏樂趣多，
jī dòng yóu xì lún zhe zuò
機動遊戲輪着坐。
dà chuán yáo a fēi yǐ zhuàn
大船搖啊飛椅轉，
dà xiǎo péng you kāi huái xiào
大小朋友開懷笑。

14

bái yún
白雲

lán tiān
藍天

qì qiú
氣球

hǎi dào chuán
海盜船

同音字遊戲

圾、機＝_____

15

在社區公園

qiāoqiāo bǎn
蹺蹺板

cǎi hóng
彩虹

huá tī
滑梯

hóng sè
紅色

lǜ sè
綠色

zhuàn yǐ
轉椅

huáng sè
黃色

pān pá jià
攀爬架

huā tán
花壇

shè qū gōng yuán zǒu yi zǒu
社區公園走一走，
yóu lè shè shī quán dōu yǒu
遊樂設施全都有。
qiū qiān   huá tī   qiāo qiāo bǎn
鞦韆、滑梯、蹺蹺板，
kuài lái yì qǐ wán ge gòu
快來一起玩個夠。

qiū qiān
鞦韆

同音字遊戲

紅、虹＝＿＿＿＿＿

17

在自助餐廳

kā fēi
咖啡

kǎo yú
烤魚

niú ròu miàn
牛肉麵

chéng zhī
橙汁

zhá jī
炸雞

nǎi chá
奶茶

jiàng yóu
醬油

cù
醋

wǎn cān shí zài tài fēngshèng
晚餐實在太豐盛，
shí wù xuǎn zé duō yòu duō
食物選擇多又多，
zhá jī　　kǎo yú　　niú ròu miàn
炸雞、烤魚、牛肉麵，
hái yǒu guǒ zhī hé tián diǎn
還有果汁和甜點。

yù jīn
浴巾

pēn tóu
噴頭

shuì qián xǐ shù bù néng shǎo
睡前洗漱不能少，
wèi shēng qīng jié hěn zhòng yào
衛生清潔很重要。
xǐ liǎn　　shuā yá hé xǐ zǎo
洗臉、刷牙和洗澡，
gān gān jìng jìng shuì de hǎo
乾乾淨淨睡得好。

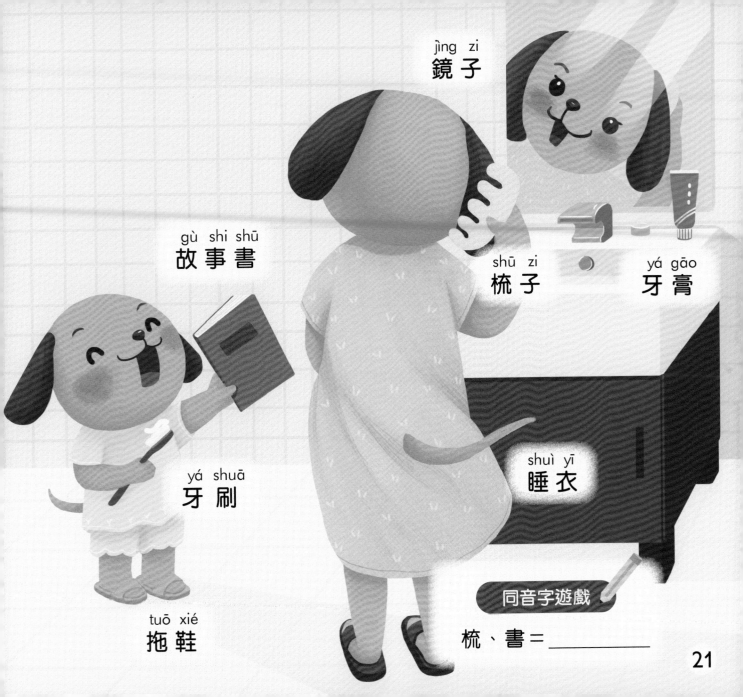

jìng zi
鏡子

gù shi shū
故事書

shū zi
梳子

yá gāo
牙膏

yá shuā
牙刷

shuì yī
睡衣

tuō xié
拖鞋

同音字遊戲

梳、書＝＿＿＿＿＿

21

guà shì
掛飾

zuò mèng
做夢

zhěn tou
枕頭

bèi zi
被子

xiān nǚ jiě jie rù mèng lái
仙女姐姐入夢來,
jié bái chì bǎng qīng qīng pāi
潔白翅膀輕輕拍。
shén qí guāng huán tóu shang dài
神奇光環頭上戴,
měi mèng bīn fēn yòu jīng cǎi
美夢繽紛又精彩。

xiān nǚ
仙女

guāng huán
光環

chì bǎng
翅膀

xuán zhuǎn mù mǎ
旋轉木馬

xiàng kuàng
相框

chuáng tóu guì
牀頭櫃

同音字遊戲

飾、室＝＿＿＿＿

23

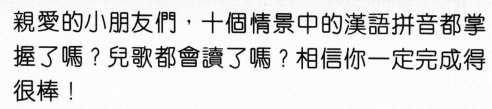

親愛的小朋友們，十個情景中的漢語拼音都掌握了嗎？兒歌都會讀了嗎？相信你一定完成得很棒！

學會了漢語拼音，你是不是覺得標注在漢字上的小符號很簡單易認呢？它們對你往後繼續學普通話將會大有幫助！記得要經常複習，鞏固所學，更上一層樓！